10대, 소설로 배우는 인간 관계 3

따돌림사회연구모임 서사교육팀 씀

익힘책 | 심화편

작은숲

차례

■ 부록 | 익힘책의 심화활동 깊이 이해하기

독서의 목적 : 평화역량 기르기

심화활동 이해하기

여러 가지 사상과 이데올로기 예시

▶ **익힘책의 목적**

1. 학생들의 평화 역량을 길러주기 위해

2. 능동적이고 주체적인 독서 감상 방법을 배우기 위해

3. 『10대, 소설로 배우는 인간 관계 3』을 읽고 효율적인 독서를 하기 위해

▶ **익힘책의 구성**

1. 소설 구성 요소 분석하기

   플롯, 인물의 유형, 욕망, 배경과 사상 분석하기, 콘셉트 도출하기

2. 소설 내용 재창작하기

   앞에서 분석한 내용을 바탕으로 소설 재창작, 재구성하기

▶ **익힘책의 활용 방법**

1. 『익힘책』의 내용은 선생님의 의도나 수업 상황, 학교급(중학교, 고등학교)에 따라 다양한 방식으로 바꾸어서 활용할 수 있습니다.

2. 『익힘책』의 질문은 되도록 모두 답해 보는 것이 좋지만, 필요에 따라 생략하거나 다른 질문을 추가할 수 있습니다.

3. 길잡이 '이렇게 읽어 보세요'는 학생들이 평화와 폭력에 대해 성찰할 수 있는 해설문입니다. 글을 읽은 후 생각의 변화에 중점을 두어 독서활동 하기를 권합니다.

4. 효과적인 독서 활동을 위해서는 '심화활동 알아보기'와 부록의 '심화활동 이해하기'를 반드시 읽어 보시기 바랍니다.

5. 수업의 흐름은 대략 다음 예시처럼 진행되지만, 상황과 여건에 따라 달라질 수 있습니다.

- 수업 예시

1 차시	『10대, 소설로 배우는 인간 관계 3』 소설 읽기	매 차시 활동 내용 공유, 발표하기
2 차시	소설 구성 요소 분석하기	
3 차시	소설 내용 재창작하기	

▶ **심화활동 알아보기**

1 심화 활동의 소설 읽기는?

- 학생이 주체가 되어 작품을 분석하고, 함축적 의미를 찾아내어 해석해 보는 소설 읽기

- 소설의 구성 요소인 플롯, 인물, 욕망, 배경, 사상(이데올로기)에 대해 분석한 후, 작품의 콘셉트 도출하기

- 소설 텍스트를 평화와 폭력의 관점에서 새롭게 바꾸어 쓰기

2 심화 활동의 소설 읽기 방법은?

1) 소설 구성 요소 분석하기 : 평화와 폭력의 관점에 따라 소설의 구성 요소 분석하기

가. 플롯(이야기의 흐름) 분석하기

플롯은 작품 속에 있는 사건들의 배열을 말합니다. 보통 이야기의 시작, 전개, 클라이맥스

---

* 심화 활동에 대한 자세한 설명은 『익힘책』의 부록 참고.

(갈등ㆍ사건 전개의 최고조), 결말의 단계로 구성된다고 봅니다. 그러나 이런 단계에 너무 얽매이지 말고, 작가의 입장이 되어 이야기를 어떻게 구성하려 했는지를 생각해 보면 좋을 것입니다. 작가는 이야기를 창작할 때 처음과 끝을 어떻게 할 것인가, 중심 사건은 어떻게 만들 것인가, 그 중에 몇 번의 우여곡절을 넣어 사건을 전개시킬 것인가 등을 생각합니다. 이렇게 볼 때, 플롯은 큰 사건을 구성하는 작은 사건들의 연속이라고 설명할 수 있습니다. 이 말은 메시지를 주는 큰 사건에 작은 사건들 하나하나가 크고 작게 기여를 한다는 뜻이기도 합니다. 그러므로 플롯을 분석할 때는 가장 중심적인 핵사건(핵심 사건)이 무엇인지, 그것을 뒷받침하는 사건들이 무엇인지 찾아보아야 합니다. 핵사건, 혹은 핵심적인 장면이 작품 전체에 주는 의미가 무엇인지, 그 이면적인 의미는 무엇인지를 파악해 보시기 바랍니다. 핵사건을 파악하면 작품이 주는 메시지(콘셉트)를 알아내는 데 한 발짝 다가설 수 있습니다.

나. 인물의 유형(성격과 역할) 찾기

① 성격 : 인물의 됨됨이, 인격, 성품.

● 성격 분류 예시

강한가-약한가, 선한가-악한가, 적극적인가-소극적인가, 개입하는가-외면하는가, 개방적인가-고립되어 있는가, 성숙한가-미숙한가, 급한가-느린가, 참는가-터뜨리는가, 능동적인가-수동적인가, 자기중심-타인중심, 지배-피지배, 타인지향-자기지향.

● 그 밖의 성격 표현 예시

온순하다, 교활하다, 우둔하다, 활기차다, 과묵하다, 잘난 척하다, 섬세하다, 명랑하다, 겁이 많다, 이기적이다 등 다양한 묘사가 가능하다.

② 역할 : 플롯(이야기의 흐름) 속에서 사건이 전개될 때 인물이 수행하는 역할.

● 다양한 역할 예시

주인공, 나쁜 사람, 도움을 주는 역할, 방해하는 역할, 복수하는 역할, 판단하는 역할, 이간질
하는 역할, 적대자, 희생자, 가해자, 피해자, 고립형, 소외형, 방관자, 방조자, 처벌자, 중개자,
문제 해결자 등

◆ 「흥부전」 인물 유형 분석의 예

흥부 : 주인공, 선한 인물, 가난하지만 착한 심성으로 결국은 보상을 받는다.

놀부 : 성격상 흥부와 대립되는 인물, 악한 인물, 심술과 탐욕으로 결국 가진 것을 모두 잃
지만 흥부에게 구원을 받는다.

제비 : 도움을 주는 역할, 주인공 흥부를 부자로 만든다.

다. 인물의 욕망 분석하기

욕망이란 인간의 심리, 행위, 성격, 감정의 근간에 놓인 욕구입니다. 소설 속의 갈등은 인간
의 욕망과 세계와의 대결 사이에서 발생하는 것이므로 욕망을 이해하는 것은 인간의 삶을 이
해하는 길이 됩니다. 소설에서는 생리적 욕망, 물질적 욕망 등 다양한 욕망이 형상화되지만
그 이면에는 인정욕망이 존재합니다. 사회적 존재로서 인간의 욕망은 인정욕망, 평화욕망, 의
미욕망 세 가지로 분류할 수 있습니다.

① 인정욕망 : 인간의 관계망 속에서 생기는, 타자에게 인정받으려는 욕망을 말합니다. 인정욕망은
선도 악도 아니지만, 인정을 얻기 위해 인간이 어떤 방법을 선택하느냐에 따라 선과 악으로, 혹은

긍정적이거나 부정적인 삶으로 갈립니다. 인정욕망은 사회적으로 소속감, 지위, 명예, 모욕, 무시, 폭력, 배제, 교류, 소속, 고립회피, 친밀감, 우정, 사랑, 상벌, 칭찬, 지지, 튀는 행위, 인기, 수치심, 비교에 따르는 우열감, 질투, 갑질, 센 척과 같은 다양한 행위와 정서로 표출됩니다.

② 평화욕망 : 평화롭고 화목한 세상을 추구하는 욕망. 폭력에 대한 두려움 없이 평등(상호권리 인정)하고 화목하게 살고자 하는 욕망으로 나타납니다. 평화욕망이 강한 사람들은 타인과 평등한 관계를 유지하면서 공동체에 피해를 주지 않고 인정욕망을 충족시키고자 합니다.

③ 의미욕망 : 삶을 의미 있고 가치 있게 살고자 하며, 주체적인 선택을 통해 바람직한 삶을 추구하려는 욕망입니다. 의미욕망은 남이 알아주건 그렇지 않건 사회적으로 기여하고 싶은 욕망으로 나타납니다. 물론 의미욕망은 인정욕망을 동반할 수 있습니다.

◆ 「흥부전」 인물의 욕망 분석 예

　　놀부 : 인정욕망의 화신. 질투심, 경멸, 폭력, 탐욕, 센 척 등으로 가득 차 있다. 그가 평화욕망, 의미욕망을 추구하는 장면은 거의 드러나지 않는다.

　　흥부 : 가족의 화목, 형제간의 우애, 더불어 사는 세상을 추구하려 한다. 약자를 보호하고, 평화롭게 문제를 해결하는 방식 등을 보았을 때 평화욕망, 의미욕망을 가진 인물이라고 볼 수 있다.

라. 배경과 사상 찾기

① 배경 : 작품 창작에 영향을 끼친 시대적 특성, 작품 속에 반영된 시대적(사회적, 역사적, 문화적) 배경

② 사상(思想) : 소설을 분석할 때의 사상이란 이데올로기를 포함한 개념으로, 사람들의 사고방식, 가치관, 행동, 신념에 영향을 주는 사상, 세계관, 종교관, 가치관, 체제, 이념 등 다양한

사고 체계 혹은 인식 체계를 말합니다. 문학은 그 사회를 반영하고 작가는 시대적 배경과 사상에서 자유로울 수 없습니다. 그래서 소설의 의미를 조금 더 깊이 이해하기 위해서는 작품에 반영된 시대적 배경과 사상을 파악해 보아야 합니다. 그러나 다양한 시대적 배경이나 사상을 제대로 안다는 것, 작가의 삶과 사상에 대해서 잘 안다는 것은 쉽지 않은 일입니다. 그렇지만 어렵더라도 가치 있는 일이므로 조금이라도 시도해보는 것이 좋을 것입니다. 왜냐하면 배경과 사상을 아는 만큼 작가가 전달하려는 바에 더 가까워질 수 있기 때문입니다.

● 다양한 사상과 이데올로기의 예**

가부장제, 전체주의, 군국주의, 민족주의, 민주주의, 사회주의, 식민주의, 공산주의, 자유주의, 공화주의, 좌익, 우익, 보수주의, 진보주의, 신자유주의, 페미니즘, 남성중심주의, 권위주의, 가족주의, 국가주의, 자유주의, 자본주의, 실존주의, 허무주의, 쾌락주의, 이상주의, 상대주의, 절대주의, 생태주의, 계몽주의, 봉건주의, 인종주의, 합리주의, 낭만주의, 계급주의(갑질 포함), 기독교적 세계관, 유교사상, 불교사상, 도교사상, 무속신앙 등

◆ 「흥부전」의 배경과 사상 분석 예시

배경 : 당시 시대상은 형제간에도 빈부의 격차가 심화된 세상이었을 것 같다. 형제간에 우애도 많이 사라진 상황이었던 것으로 보인다.

사상 : 흥부전은 형제간의 우애를 강조하는 유교적 사상과 불교적 사상(비폭력, 무저항, 자비, 생명 중시)이 결합된 소설 같다.

** 여러 가지 사상과 이데올로기의 예시는 『익힘책』의 부록 참고.

마. 콘셉트(메시지) 찾기

콘셉트란 소설의 주제를 '구체적으로 어떤 방향과 방법으로 풀어나갈 것인가'에 해당하는 개념입니다. 다시 말하면 작품(작가)이 전달하는 구체적인 메시지라고 설명할 수 있습니다. 우리가 흔히 말하는 주제가 광범위한 의미에서의 메시지라면, 콘셉트는 그것보다는 더 구체적인 방향성과 방법을 담고 있는 메시지라고 할 수 있습니다. 좀더 쉽게 이해하기 위해서는 '작가에게 누군가가(또는 작가 자신이) 인생에 대한 어떤 질문이나 의문을 표시했고, 작가는 그것에 답하기 위해 소설을 썼다'고 가정하면 도움이 될 것입니다. 즉, 작가는 소설의 인물, 사건, 플롯 등을 통해 구체적인 이야기를 만들고, 이것으로 질문에 답하는 것입니다. 그러므로 콘셉트 찾기는 작가의 의도에 가까워지기라고도 할 수 있습니다. 독자 입장에서 이것을 파악해내기는 쉽지는 않습니다. 그러나 소설의 구성 요소 분석을 통해 비판적, 창의적 읽기를 해나가며 최대한 작가의 의도에 가까워지려고 노력하는 과정, 그 자체가 열쇠를 가진 것이나 마찬가지입니다. 『10대, 소설로 배우는 인간 관계 3』에서는 길잡이 글을 통해 도움을 주고 있습니다. 그러나 그것이 아니더라도 여러분 스스로 『익힘책』의 활동에 따라 내용을 분석하다보면 어느 새 콘셉트를 찾은 자신을 발견하게 될 것입니다.

콘셉트를 한 번에 찾지 못했다고 실망하거나 포기하지 마시기 바랍니다. 작품을 읽고 분석하는 과정 중에 얼마든지 바뀔 수 있습니다. 콘셉트가 바뀌는 이유는 작품의 의도를 설명하는 데 최적의 것을 찾고자 하기 때문입니다. 이런 점에서 『10대, 소설로 배우는 인간 관계 3』 기본편을 공부한 독자들은 기본편에서 찾았던 콘셉트와 심화편에서 찾은 콘셉트를 비교하며 변화의 이유를 생각해 보시기 바랍니다. 왜 그렇게 바뀌게 되었는지 성찰하는 과정을 통해 능동적, 주체적 읽기 능력이 더 자라게 될 것입니다.

◆「흥부전」의 콘셉트 예시

주제 : 권선징악

콘셉트 : 가난하지만 언제나 선하게 산 사람은 언젠가는 복을 받고, 지금은 부유하지만 악하게 산 사람은 언젠가는 벌을 받는다.

2) 소설 내용 재창작하기 : 평화와 폭력의 관점에 따라 소설의 내용 재구성, 재창작하기

- 독자가 작가가 되어 새로운 이야기로 바꾸는 활동. 앞에서 분석한 내용을 바탕으로 소설 속에 그려진 폭력적인 세계를 평화적인 이야기로 다시 쓰기

- 평화와 폭력의 관점에서 보았을 때, 소설에서 그려지지 않았다고 생각되는 부분, 숨겨져서 드러나지 못한 부분, 잘못 그려졌다고 판단되는 부분, 왜곡된 부분 등을 찾아서 바르게 고쳐보기

가. 재창작 방법

　　① 등장인물의 유형, 역할 바꾸기, 새로운 인물 등장시키기

　　② 인물의 욕망 변화시키기, 인물이 자신의 욕망에 대해 성찰하게 하기(자신과의 내적 대화)

　　③ 플롯 바꾸기(결말 바꾸기, 갈등의 전개 과정 바꾸어 보기 등)

　　④ 배경이나 사상 바꾸기

　　⑤ 콘셉트 바꾸기

　　⑥ 서술자 바꾸기(시점 바꾸기)

백치 아다다

소설 구성요소 분석하기

길잡이 '피해자 만들기 : 타인들의 욕망에 포위당한 희생자'를 참고하여 소설의 내용을 더 깊이 이해해 보자.

1 1)~2) 중 하나를 선택하여 소설의 플롯을 분석해 봅시다.(단, 장면 수는 줄이거나 늘릴 수 있다.)

1) 소설의 주요 장면을 선정하여 그림(만화)으로 표현하기

2) 소설의 주요 장면을 선정하여 글로 설명하기

[1]	
[ ]	
[ ]	
[ ]	
[ ]	

◆ 소설의 내용 중 가장 중요하다고 생각되는 장면(사건)은? 그 이유는 무엇인가요?

2 인물 간의 관계를 고려하여 등장인물의 행동을 평가하고 그 이유를 설명해 봅시다.

■ 아다다 :

■ 엄마 :

■ 남편과 시댁식구들 :

■ 수롱 :

3　이야기 속 갈등과 관련하여 아다다, 남편, 수룡의 생각 이면에 자리잡은 욕망은 무엇일까요?

　　■ 아다다 :

　　■ 엄마 :

　　■ 남편과 시댁식구들 :

　　■ 수룡 :

4　문학은 그 사회를 반영한다고 합니다. 이 소설에서 아다다의 삶이 비극으로 끝날 수밖에 없는 이유는 무엇일까요? 아다다 주변 사람들의 사고방식과 행동에 영향을 미친 시대적 배경이나 사상을 찾아 설명해 봅시다. (익힘책 부록에서 제시한 다양한 사상 참고)

5　위의 1~4번을 토대로 소설의 콘셉트(메시지)를 써 봅시다.

평화와 폭력의 관점에서 소설의 내용을 재창작해 보자.

1 이 소설은 주인공과 인물들 간의 소통이 잘 드러나지 않습니다. 새로운 인물(친구나 형제 등)을 등장시켜 아다다와 대화하는 장면을 넣어봅시다.(결말이 바뀌어도 됨)

2   아다다가 돈을 버리러 나가기 전, 자신의 결정에 대해 설명하는 편지를 수롱에게 쓴다고 할 때 어떤 내용일지 상상하여 써 봅시다. 그리고 편지로 인해 결말이 바뀐다면 어떻게 전개될지 간략히 적어 봅시다.

---

3   이제까지 독서활동을 하며 달라진 생각이나 느낀 점을 써 봅시다.

소망

소설 구성요소 분석하기 | 심화 활동

길잡이 '인정받을 수 없는 외로운 반항'을 참고하여 소설의 내용을 더 깊이 이해해 보자.

1   1)~2) 중 하나를 선택하여 소설의 플롯을 분석해 봅시다.(단, 장면 수는 줄이거나 늘릴 수 있다.)

1) 소설의 주요 장면을 선정하여 그림(만화)으로 표현하기

2) 소설의 주요 장면을 선정하여 글로 설명하기

[1]	
[　]	
[　]	
[　]	
[　]	

◆ 소설의 내용 중 가장 중요하다고 생각되는 장면(사건)은? 그 이유는 무엇인가요?

2 이 소설을 연극으로 상연할 때 등장인물이 자신을 스스로 소개하는 장면을 넣고자 합니다. 아내와 남편이 직접 자신을 소개하는 내용을 써 봅시다.

■ 아내 :

■ 남편 :

3 ①~② 내용을 바탕으로 인물의 행동과 생각 이면에 자리잡은 욕망은 무엇인지 생각해봅시다.

■ 아내의 행동에서 알 수 있는 욕망은?

① 언니와 형부에게 남편의 일을 의논함.

② 남편이 신경쇠약으로 인한 병을 앓고 있다고 생각하고 걱정함.

_____

_____

_____

■ 남편의 행동에서 알 수 있는 욕망은?

① 아내를 속물이나 하등동물이라고 욕하며 무시하곤 함.

② 한여름에 겨울옷을 입고 더위에 이겼다고 기뻐하고, 외상값 있는 싸전 앞을 당당하게 지나오는 것으로 해방감을 느낌.

_____

_____

_____

4 문학은 그 사회를 반영한다고 합니다. 남편의 사고방식과 행동에 영향을 미친 시대적 배경이나 사상은 무엇인지 찾아 설명해 봅시다.(익힘책 부록에서 제시한 다양한 사상 참고)

_____

_____

_____

_____

5 위의 1~4번을 토대로 소설의 콘셉트(메시지)를 써 봅시다.

_____

_____

_____

1 이 소설은 아내의 시각에서 남편의 행동을 서술하고 있습니다. 아내의 시각이 아닌 남편의 입장에서 그의 심리와 욕망을 드러내어 표현해 봅시다.

① 남편이 신문사를 그만두고 골방에 처박혀 나오지 않는 이유를 생각하며 그의 심리를 독백으로 써 봅시다.

_____
_____
_____
_____
_____
_____

② 더운 방에서 더위를 견딜 때, 한 여름에 겨울옷을 입을 때, 외상값을 갚지 않고 싸전 앞을 지날 때의 남편의 심리를 생각해 보고, 그의 독백을 써 봅시다.

_____
_____
_____
_____
_____
_____

2   이 소설은 1930년대 후반을 배경으로 하고 있습니다. 이런 상황을 전제로 남편의 문제에 대해 상담을 해 준다면 어떤 조언을 해 줄 것인지 써 보고, 그 조언으로 인해 뒷이야기가 변화된다면 어떻게 전개될지 간략히 적어 봅시다.

3   이제까지 독서활동을 하며 달라진 생각이나 느낀 점을 써 봅시다.

논 이야기

소설 구성요소 분석하기 │ 길잡이 '피해자의 보상심리 : 냉소적 이기주의'를 참고하여 소설의 내용을 더 깊이 이해해 보자.

1 1)~2) 중 하나를 선택하여 소설의 플롯을 분석해 봅시다.(단, 장면 수는 줄이거나 늘릴 수 있다.)

1) 소설의 주요 장면을 선정하여 그림(만화)으로 표현하기

2) 소설의 주요 장면을 선정하여 글로 설명하기

[1]	
[ ]	
[ ]	
[ ]	
[ ]	

◆ 소설의 내용 중 가장 중요하다고 생각되는 장면(사건)은? 그 이유는 무엇인가요?

_____

_____

_____

_____

_____

_____

_____

_____

2　　이 소설을 연극으로 상연할 때 주인공이 자신을 스스로 소개하는 장면을 넣고자 합니다. 한생원이 직접 자신을 소개하는 내용을 써 봅시다.

_____

_____

_____

_____

_____

_____

_____

_____

3   주요 장면에서 한생원은 어떤 생각을 했을까요? 각 장면에서 추측해 볼 수 있는 그의 심리와 욕망을 써 봅시다.

①아버지의 누명을 벗기기 위해 논문서를 사또에게 갖다 바침.

②길천이 잡아온 죄수(길천에게 왜채를 쓰고 갚지 않은 사람)를 함부로 대하는 것을 봄.

③일본인들이 토지와 재산을 그대로 내어놓고 몸만 쫓겨 가게 됨.

④일본인들의 토지와 재산을 조선 사람에게 판다는 국가의 정책을 듣게 됨.

4   문학은 그 사회를 반영한다고 합니다. 한생원의 사고방식과 행동에 영향을 미친 시대적 배경이나 사상은 무엇인지 찾아 설명해 봅시다.(익힘책 부록에서 제시한 다양한 사상 참고)

5   위의 1~4번을 토대로 소설의 콘셉트(메시지)를 써 봅시다.

평화와 폭력의 관점에서 소설의 내용을 재창작해 보자.

1 객관적인 현실 인식이 부족하고 성실하지도 않은 한생원에게 충고해주고 싶은 장면을 찾아서 친구로서 충고해 봅시다.

2 위의 친구의 충고를 받아들였다면, 소설의 뒷이야기는 어떻게 변했을지 써 봅시다.(냉소적이고 이기적인 태도의 변화를 중심으로 쓸 것)

_____

_____

_____

_____

_____

_____

_____

_____

_____

_____

_____

_____

3 이제까지 독서활동을 하며 달라진 생각이나 느낀 점을 써 봅시다.

_____

_____

_____

_____

_____

원미동 시인

길잡이 '방관자 또는 동조자의 탄생'을 참고하여 소설의 내용을 더 깊이 이해해 보자.

소설 구성요소 분석하기 심화 활동

1 1)~2) 중 하나를 선택하여 소설의 플롯을 분석해 봅시다.(단, 장면 수는 줄이거나 늘릴 수 있다.)

1) 소설의 주요 장면을 선정하여 그림(만화)으로 표현하기

2) 소설의 주요 장면을 선정하여 글로 설명하기

[1]	
[ ]	
[ ]	
[ ]	
[ ]	

◆ 소설의 내용 중 가장 중요하다고 생각되는 장면(사건)은? 그 이유는 무엇인가요?

_____

_____

_____

_____

_____

_____

_____

_____

2   '평화와 폭력'이라는 시각에서 볼 때, 등장인물들은 어떤 유형일까요? 소설을 드라마로 만들기 위해 시나리오 대본을 만든다고 할 때, 그들의 역할에 주목하여 각 인물을 소개해 봅시다.

■ 몽달 씨 :

_____

_____

_____

■ 경옥 :

_____

_____

_____

■ 김 반장 :

_____

_____

_____

3 등장인물들의 관계를 통해 알 수 있는 각 인물들의 심리와 욕망에 대해 알아봅시다.

■ 몽달 씨 : 몽달 씨가 당한 부당한 폭력에 대응하는 방식을 보았을 때 그의 심리에는 어떤 욕망이 숨어 있을까요? 바보인 척하는 그의 겉모습과 달리 속으로는 어떤 생각을 하고 있을까요?

_____

_____

_____

■ 경옥 : 몽달 씨의 진심과 김 반장의 위선을 알고 있으면서도 모른 척하는 경옥이는 어떤 이유로 사건의 진상을 알리지 않았을까요?

_____

_____

_____

■ 김 반장 : 몽달 씨의 폭행 사건 이후의 언행을 본다면 그는 어떤 생각을 하고 있었을까요?

_____

_____

_____

4 문학은 그 사회를 반영한다고 합니다. 이 소설에서 몽달 씨, 경옥이, 김 반장의 사고방식과 행동에 영향을 미친 시대적 배경이나 사상은 무엇인지 찾아 설명해 봅시다.(익힘책 부록에서 제시한 다양한 사상 참고)

_____

_____

5 위의 1~4번을 토대로 소설의 콘셉트(메시지)를 써 봅시다.

_____

_____

소설 내용 재창작하기 평화와 폭력의 관점에서 소설의 내용을 재창작해 보자.

1 몽달 씨가 과거에 함께 학생 운동을 하던 친구에게 자신이 원미동에서 사는 모습에 대해 솔직
하게 말한다면 무엇이라고 했을지 적어 봅시다.

----

2 위의 친구와의 대화 이후 몽달 씨의 삶은 어떻게 변했을지 이야기로 간략히 써 봅시다.(결말이 바뀌
어도 됨)

----

3 경옥이가 어린 아이가 아닌 영향력을 미치는 어른이었다면 이 이야기는 어떻게 달라졌을까요?

_____

_____

_____

_____

_____

_____

_____

_____

_____

_____

_____

_____

4 이제까지 독서활동을 하며 달라진 생각이나 느낀 점을 써 봅시다.

_____

_____

_____

_____

스페이드 여왕

소설 구성요소 분석하기) 길잡이 '사랑과 야망'을 참고하여 소설의 내용을 더 깊이 이해해 보자.

1

1)~2) 중 하나를 선택하여 소설의 플롯을 분석해 봅시다.(단, 장면 수는 줄이거나 늘릴 수 있다.)

1) 소설의 주요 장면을 선정하여 그림(만화)으로 표현하기

2) 소설의 주요 장면을 선정하여 글로 설명하기

[1]	
[ ]	
[ ]	
[ ]	
[ ]	

◆ 소설의 내용 중 가장 중요하다고 생각되는 장면(사건)은? 그 이유는 무엇인가요?

2 소설을 시나리오로 재구성할 때, 등장인물을 소개하는 글을 써 봅시다.

■ 게르만 :

■ 리자베타 :

■ 백작 부인 :

■ 톰스키 :

3　주요 장면에서 등장인물들은 어떤 생각을 했을까요? 각 장면에서 추측할 수 있는 등장인물의 심리와 욕망을 써 봅시다.

■ 게르만

① 리자베타가 자신에게 관심이 있다는 사실을 눈치 챔.

② 백작 부인의 방에 숨어 있다 대면하게 됨.

■ 리자베타

① 창문 밖으로 자신을 바라보는 공병사관의 존재를 눈치 챔.

② 게르만이 자신을 이용했다는 사실을 알게 됨.

4　문학은 그 사회를 반영한다고 합니다. 이 소설에서 게르만과 리자베타는 행복한 삶과 성공에 대한 인식이 너무 다릅니다. 그로 인해 사람들과 관계를 맺는 방식도 달라지게 되었지요. 두 인물의 사고방식과 행동에 영향을 미친 사상이나 시대적 배경을 찾아 설명해 봅시다.(익힘책 부록에서 제시한 다양한 사상 참고)

5　위의 1~4번을 토대로 소설의 콘셉트(메시지)를 써 봅시다.

1 리자베타가 게르만을 적극적으로 변화시키고자 했다면 이야기의 결말은 어떻게 달라졌을지 써 봅시다.

2 게르만이 일확천금이 아니라 소박하게 살아가는 평범한 삶을 선택했다면 어떻게 이야기가 달라졌을지 써 봅시다.

3 비극적인 결말을 맞게 된 게르만이 자기의 삶의 태도에 대해 성찰한 후 자신의 삶에서 되돌리고 싶은 부분을 선택한다면 어떤 장면일지 고르고, 그 부분을 새롭게 바꾸어 써 봅시다.

----

4 소설을 바꾸어 쓰면서 어떻게 써야 할지 고민했던 점을 적어 봅시다.

강한 자들의 힘

길잡이 '지식인의 선택'을 참고하여 소설의 내용을 더 깊이 이해해 보자.   소설 구성요소 분석하기   심화 활동

1   1)~2) 중 하나를 선택하여 소설의 플롯을 분석해 봅시다.(단, 장면 수는 줄이거나 늘릴 수 있다.)

1) 소설의 주요 장면을 선정하여 그림(만화)으로 표현하기

2) 소설의 주요 장면을 선정하여 글로 설명하기

[1]	
[ ]	
[ ]	
[ ]	
[ ]	

◆ 소설의 내용 중 가장 중요하다고 생각되는 장면(사건)은? 그 이유는 무엇인가요?

---

2 '평화와 폭력'이라는 시각에서 볼 때, 등장인물들은 어떤 유형일까요? 이 소설을 드라마로 만들기 위해 시나리오 대본을 만든다면, 각 인물을 어떻게 소개할지 써 봅시다.

■ 긴수염 노인 :

■ 꼬인입술 :

■ 개이빨 :

■ 호랑이얼굴 :

■ 벌레 :

■ 세다리, 홀쭉허리, 돼지턱 :

■ 찌그러진눈 :

■ 털보얼굴 :

3   이야기 속 갈등과 관련하여 등장인물의 생각 이면에 자리잡은 욕망은 무엇일까요?

■ 긴수염 노인 : 긴수염 노인의 의미욕망은 무엇일까요? 그의 욕망과 행동이 세상을 어떻게 바꿀 수 있을까요?

_____

_____

_____

_____

■ 꼬인입술, 개이빨, 벌레 : 이들의 욕망은 무엇인가요? 이들은 자신의 욕망을 채우기 위해 어떤 방법으로 살아갔나요?

_____

_____

_____

_____

4   문학은 그 사회를 반영한다고 합니다. 이 소설에서 긴수염 노인과 꼬인입술은 같은 지식인이지만 각자 다른 선택을 했습니다. 긴수염 노인과 꼬인입술의 사고방식과 행동에 영향을 미친 사상은 무엇인지 찾아 설명해 봅시다.(익힘책 부록에서 제시한 다양한 사상 참고)

_____

_____

_____

5   위의 1~4번을 토대로 소설의 콘셉트(메시지)를 써 봅시다.

_____

_____

_____

_____

소설 내용 재창작하기 평화와 폭력의 관점에서 소설의 내용을 재창작해 보자.

1　손자들(사슴몰이, 노란머리, 어둠이무서워)은 긴수염 노인의 이야기를 듣고 어떻게 살아갔을까요? 고기잡이족의 이후 이야기를 써 봅시다.

2　사람들이 털보얼굴의 이야기에 귀 기울이고 지지했다면 고기잡이족의 이야기는 어떻게 달라졌을지 써 봅시다.

----

3 우리 교실이나 사회에서 기형도의 시 '홀린 사람'과 같은 상황을 찾아 써 봅시다.

4 소설을 바꾸어 쓰면서 어떻게 써야 할지 고민했던 점을 적어 봅시다.

배교자

심화 활동 | **소설 구성요소 분석하기** | 길잡이 '노예화된 삶에서 벗어나는 방법'을 참고하여 소설의 내용을 더 깊이 이해해 보자.

1 1)~2) 중 하나를 선택하여 소설의 플롯을 분석해 봅시다.(단, 장면 수는 줄이거나 늘릴 수 있다.)

1) 소설의 주요 장면을 선정하여 그림(만화)으로 표현하기

2) 소설의 주요 장면을 선정하여 글로 설명하기

[1]	
[ ]	
[ ]	
[ ]	
[ ]	

◆ 소설의 내용 중 가장 중요하다고 생각되는 장면(사건)은? 그 이유는 무엇인가요?

2 '평화와 폭력'이라는 시각에서 볼 때, 등장인물들은 어떤 유형일까요? 이 소설을 드라마로 만들기 위해 시나리오 대본을 만든다면, 등장인물을 어떻게 소개할지 써 봅시다.

■ 조니 :

■ 어머니 :

■ 현장감독 :

◆ 감찰관 :

3   이야기 속 갈등과 관련하여 등장인물의 생각 이면에 자리잡은 욕망은 무엇일까요?

■ 조니 : 조니가 날마다 일어나기 싫어한 이유가 무엇일까요? 또한 조니는 월급이 오르거나 숙련
된 최고의 노동자로 칭찬받아도 더 이상 기뻐하지 않습니다. 그 이유는 무엇이었나요? 조니가 더
이상 일을 하지 않고 떠나게 된 심정과 욕망은 어떤 것이었는지 적어봅시다.

_____

_____

■ 어머니 : 날마다 전쟁을 치르며 조니를 깨우는 어머니의 욕망은 무엇이었을까요?

_____

_____

■ 현장감독 :

_____

_____

■ 감찰관 :

_____

_____

4   문학은 그 사회를 반영한다고 합니다. 이 소설에서 조니의 가치관이 변한 이유는 무엇이었을까
요? 변하기 전과 변한 후 각각의 상황에서 조니의 사고방식과 행동에 영향을 미친 사상이나 시대적 배경
은 무엇인지 찾아 설명해 봅시다.(익힘책 부록에서 제시한 다양한 사상 참고)

_____

_____

_____

5   위의 1~4번을 토대로 소설의 콘셉트(메시지)를 써 봅시다.

_____

_____

_____

1 감찰관이 소신을 가지고 자기의 역할을 했다면 이야기는 어떻게 바뀌게 되었을지 써 봅시다.

2 조니가 자신의 삶뿐 아니라 전체 노동자의 삶까지 변화시키려는 욕망을 품게 된다면 이야기는 어떻게 달라질까요? 변화된 이야기를 써 봅시다.

3 조니가 떠난 후 엄마와 윌의 삶은 어떤 변화를 겪게 되었을까요?

4 소설을 바꾸어 쓰면서 어떻게 써야 할지 고민했던 점을 적어 봅시다.

외투

길잡이 '외투에 갇힌 사람, 외투에서 해방된 사람'을 참고하여 소설의 내용을 더 깊이 이해해 보자.

소설 구성요소 분석하기

심화
활동

1 1)~2) 중 하나를 선택하여 소설의 플롯을 분석해 봅시다.(단, 장면 수는 줄이거나 늘릴 수 있다.)

1) 소설의 주요 장면을 선정하여 그림(만화)으로 표현하기

2) 소설의 주요 장면을 선정하여 글로 설명하기

[1]	
[ ]	
[ ]	
[ ]	
[ ]	

◆ 소설의 내용 중 가장 중요하다고 생각되는 장면(사건)은? 그 이유는 무엇인가요?

_____

_____

_____

_____

_____

2 소설을 시나리오로 재구성할 때, 등장인물을 소개하는 글을 써 봅시다.

■ 아까끼 :

_____

_____

_____

■ 뻬뜨로비치 :

_____

_____

_____

■ 고관 :

_____

_____

_____

3 이야기 속 갈등과 관련하여 등장인물의 생각 이면에 자리잡은 욕망은 무엇일까요?

■ 아까끼 :

■ 뻬뜨로비치 :

■ 고관 :

4 문학은 사회를 반영한다고 합니다. 이 소설에 나오는 등장인물의 사고방식과 행동에 영향을 미친 시대적 배경이나 사상을 찾아 설명해 봅시다.(익힘책 부록에서 제시한 다양한 사상 참고)

5 위의 1~4번을 토대로 소설의 콘셉트(메시지)를 써 봅시다.

소설 내용 재창작하기) 평화와 폭력의 관점에서 소설의 내용을 재창작해 보자.

1 외투를 오늘날의 상징자본 중 하나로 바꾸어 새로운 이야기를 만들어 봅시다.

2 아까끼의 친구가 등장하여 조언하는 장면을 넣어 봅시다.(구체적인 상황을 설정하여 쓸 것)

3 소설을 바꾸어 쓰면서 어떻게 써야 할지 고민했던 점을 적어 봅시다.

키 작은 프리데만 씨

심화 활동 | 소설 구성요소 분석하기

길잡이 '타자화의 근원 : 나와 나 그리고 나와 너'를 참고하여 소설의 내용을 더 깊이 이해해 보자.

1 1)~2) 중 하나를 선택하여 소설의 플롯을 분석해 봅시다.(단, 장면 수는 줄이거나 늘릴 수 있다.)

1) 소설의 주요 장면을 선정하여 그림(만화)으로 표현하기

2) 소설의 주요 장면을 선정하여 글로 설명하기

[1]	
[ ]	
[ ]	
[ ]	
[ ]	

◆ 소설의 내용 중 가장 중요하다고 생각되는 장면(사건)은? 그 이유는 무엇인가요?

_____

_____

_____

_____

_____

_____

_____

_____

2 소설을 시나리오로 재구성할 때, 등장인물을 소개하는 글을 써 봅시다.

■ 프리데만 씨 :

_____

_____

_____

■ 링린겐 부인 :

_____

_____

_____

■ 프리데만 씨의 누나들 :

_____

_____

_____

_____

3　이야기 속 갈등과 관련하여 등장인물의 생각 이면에 자리잡은 욕망은 무엇일까요?

■ 프리데만 씨 :

_____

_____

_____

_____

■ 링린겐 부인 :

_____

_____

_____

_____

4　문학은 사회를 반영한다고 합니다. 프리데만 씨가 살아가는 방식과 그를 대하는 링린겐 부인의 태도를 보면 당대의 사회적 분위기를 짐작할 수 있습니다. 이들의 사고방식과 행동에 영향을 미친 시대적 배경이나 사상을 찾아 설명해 봅시다.(익힘책 부록에서 제시한 다양한 사상 참고)

_____

_____

_____

_____

5　위의 1~4번을 토대로 소설의 콘셉트(메시지)를 써 봅시다.

_____

_____

_____

_____

_____

1 자신의 욕구를 억누르기만 하는 프리데만 씨를 안타깝게 여긴 친구가 등장하거나 프리데만 씨와 같은 사람들을 차별하지 않는 사회였다면 이야기는 어떻게 바뀌었을까요? 내용에 변화를 주어 새로운 이야기를 써 봅시다.

2   첫사랑의 실패와 어머니의 죽음 이후, 프리데만 씨가 고립을 선택하지 않고 좀더 적극적으로 세상과 교류하며 살고자 했다면 이야기의 결말은 어떻게 바뀌었을까요?

_____

_____

_____

_____

_____

_____

_____

_____

_____

_____

3   소설을 바꾸어 쓰면서 어떻게 써야 할지 고민했던 점을 적어 봅시다.

_____

_____

_____

_____

_____

_____

_____

공작나방

길잡이 '진실화해의 중요성'을 참고하여 소설의 내용을 더 깊이 이 해해 보자.

소설 구성요소 분석하기

1   1)~2) 중 하나를 선택하여 소설의 플롯을 분석해 봅시다.(단, 장면 수는 줄이거나 늘릴 수 있다.)

1) 소설의 주요 장면을 선정하여 그림(만화)으로 표현하기

2) 소설의 주요 장면을 선정하여 글로 설명하기

[1]	
[ ]	
[ ]	
[ ]	
[ ]	

◆ 소설의 내용 중 가장 중요하다고 생각되는 장면(사건)은? 그 이유는 무엇인가요?

_____

_____

_____

_____

_____

2 '평화와 폭력'이라는 시각에서 볼 때, 등장인물들은 어떤 유형일까요? 이 소설을 드라마로 만들기 위해 시나리오 대본을 만든다면, 등장인물을 어떻게 소개할지 써 봅시다.

■ '나'(하인리히) :

_____

_____

_____

_____

■ 에밀 :

_____

_____

_____

_____

■ '나'의 엄마 :

_____

_____

_____

3   이야기 속 갈등과 관련하여 등장인물의 생각 이면에 자리잡은 욕망은 무엇일까요?

■ '나' : '나'가 공작나방, 혹은 에밀을 통해 원하는 것은? 결국 자신의 수집품을 부수는 이유는? '나'가 왜 공작나방을 훔쳤는지에 대해 생각해 보고, 에밀에 대해 변화된 심리가 드러나도록 내적 독백을 써 봅시다.

_____

_____

_____

■ 에밀 : '나'가 보여준 희귀한 나비를 보고서도 값을 매기고, 보존 상태를 지적하는 모습에서 에밀이 중요시 여기는 것은? 경멸 어린 시선과 말로 '그래그래, 너는 바로 그런 애야'라고 말한 것에 드러난 심리와 욕망은?

_____

_____

_____

4   문학은 그 사회를 반영한다고 합니다. 이 소설에서 인물들의 사고방식과 행동에 영향을 미친 시대적 배경이나 사상을 찾아 설명해 봅시다.(익힘책 부록에서 제시한 다양한 사상 참고)

_____

_____

_____

5   위의 1~4번을 토대로 소설의 콘셉트(메시지)를 써 봅시다.

_____

_____

_____

소설 내용 재창작하기 평화와 폭력의 관점에서 소설의 내용을 재창작해 보자.

1 '나'와 에밀의 갈등을 알고 중재하는 인물이 등장한다면 이야기는 어떻게 바뀌었을까요? 내용을 변화시켜 새로운 이야기를 써 봅시다.

_____

_____

_____

_____

_____

_____

_____

_____

_____

_____

_____

_____

_____

_____

_____

_____

_____

_____

_____

2 이 소설을 에밀의 입장에서 다시 써 봅시다.

3 소설을 바꾸어 쓰면서 어떻게 써야 할지 고민했던 점을 적어 봅시다.

산월기

길잡이 '가해자의 심층심리'를 참고하여 소설의 내용을 더 깊이 이해해 보자.

1 1)~2) 중 하나를 선택하여 소설의 플롯을 분석해 봅시다.(단, 장면 수는 줄이거나 늘릴 수 있다.)

1) 소설의 주요 장면을 선정하여 그림(만화)으로 표현하기

2) 소설의 주요 장면을 선정하여 글로 설명하기

[1]	
[ ]	
[ ]	
[ ]	
[ ]	

◆ 소설의 내용 중 가장 중요하다고 생각되는 장면(사건)은? 그 이유는 무엇인가요?

_____

_____

_____

_____

_____

_____

_____

_____

_____

2 이 소설을 드라마로 만들기 위해 시나리오를 쓴다면, 각 인물을 어떻게 소개해야 할까요? 인간 관계의 양상에서 드러난 성격과 역할을 설명해 봅시다.

■ 이징

- 호랑이가 되기 전 :

_____

_____

- 호랑이가 된 후 :

_____

_____

■ 원참 :

_____

_____

_____

3 다음 시는 이징이 호랑이가 된 후 읊은 시입니다. 시를 통해 이징이 말하고자 한 것은 무엇일까요? 시에서 드러난 그의 감정과 욕망을 써 봅시다.

> 어쩌다 광기에 휩싸여 짐승이 되어
> 불행한 운명의 굴레 벗어나지 못하네.
> 이 내 호랑이의 날카로운 이빨을 누가 당하랴.
> 돌이켜 보면 그대와 나 명성도 높았지.
> 그러나 나는 지금 풀숲의 한 마리 짐승
> 그대는 수레 위에 높이 앉은 고관이로다.
> 오늘밤 그대를 만나 골짜기의 밝은 달 바라보며
> 소리 높여 시를 읊어도 짐승의 울음되어 메아리치네.

----

4 문학은 그 사회를 반영한다고 합니다. 주인공 이징의 사고방식과 행동에 영향을 미친 사상이나 시대적 배경은 무엇인지 찾아 설명해 봅시다.(익힘책 부록에서 제시한 다양한 사상 참고)

----

5 위의 1~4번을 토대로 소설의 콘셉트(메시지)를 써 봅시다.

평화와 폭력의 관점에서 소설의 내용을 재창작해 보자.

1 　호랑이로 변해 사람을 해치는 것은 가해자의 상징적인 모습입니다. 이징이 호랑이로 변하지 않고 사람의 모습으로 계속 살았다면 어떤 인간이었을까요?

2 　이징의 재능을 인정하고 조언하는 친구나 아내를 등장시켜서 이징의 잘못된 욕망이 바뀌는 새로운 이야기를 써 봅시다.

3 원참이 호랑이로 변한 이징의 시에 대해 답시를 써준다면 무엇이라고 썼을지 상상하여 적어 봅시다.

_____

_____

_____

_____

_____

_____

_____

_____

_____

_____

4 소설을 바꾸어 쓰면서 어떻게 써야 할지 고민했던 점을 적어 봅시다.

_____

_____

_____

_____

_____

_____

▶ 독서의 목적 : 평화역량 기르기

이 책에서 제시한 소설 읽기는 궁극적으로는 평화역량을 키우는 것이 목적입니다. 즉 소설 다르게 읽기를 통해 평화적 서사* 역량을 키움으로써 폭력적인 삶을 평화적인 삶으로 변화시키자는 것입니다. 평화적 서사 역량이란 평화적 서사(이야기), 평화적 삶을 만들 수 있는 능력을 말합니다. 아이들의 삶에는 이기심과 경쟁논리, 개인주의, 위선과 허세, 소외와 왕따 등과 같은 폭력적인 문화가 깊이 파고들어 있습니다. 이렇게 평화의 가치를 깨닫기 어려운 교실에, 강자와 약자 구도, 갑을 관계에 익숙해진 아이들에게 평화로운 관계를 형성하게 하고 평화와 공존의 가치를 내면화시켜야 합니다.

평화 역량을 키우는 매개체로 소설을 선택한 것은 소설이라는 장르가 인간의 삶을 가장 잘 드러내기 때문입니다. 물론 개개인의 삶만큼 생동감 있는 서사는 없을 것입니다. 그러나 낱낱의 삶을 모두 수업의 대상으로 삼기는 어려우므로 삶의 서사를 가장 집약적으로 드러내주는 소설을 선택한 것입니다. 소설 중에서도 학생들이 폭력적인 서사를 잘 파악하고 분석하여 삶에 적용해 볼 수 있는 작품을 주요 텍스트로 합니다.

학생들을 평화를 만들어가는 주체로 키우기 위해서는 먼저 수동적이고 무비판적인 삶에서 벗어나도록 가르쳐야 합니다. 폭력적인 소설을 단순하게 읽히기만 해서는 교육적 목적을 달성할 수 없기에, 평화역량을 키운다는 목적에 잘 맞는 새로운 내용과 방법으로 접근해야 합니다. 그래서 『익힘책』의 심화 활동에서는 기존의 틀에서 벗어난 새로운 소설 읽기 방식을 제안하고 있습니다. 이

---

* 서사(敍事, narrative)란 어떤 사실을 있는 그대로 기록하는 글의 양식이자, 인간의 행위와 관련되는 일련의 사건들을 기록한 것이다. 그리고 허구를 포함한 이야기를 담은 언어 양식이다. 이보다 조금 더 넓은 범위에서 서사란 인간의 이야기 곧 인간의 삶을 의미한다고 볼 수 있다. 인간의 탄생부터 죽음까지 이야기로 이루어져 있고 살아가는 과정 자체가 한 편의 드라마와 같다. 세상이 이야기 즉 서사로 이루어져 있으므로 그 속에 사는 사람은 서사적 존재라고 말할 수 있다. (오탁번, 이남호, 『서사 문학의 이해』(고려대학교 출판부, 2017) 참고)

런 소설 수업이 지속적으로 이루어진다면 반드시 교육적 효과가 나타날 것이라 믿습니다. 이 활동을 통해 학생들은 타인에 대한 이해, 화목과 우정, 참여와 연대의 가치가 꼭 필요하다는 것을 깨달을 것입니다. 그리고 현재의 폭력적인 삶을 평화적인 삶으로 바꿀 의지를 갖게 될 것입니다.

▶ 심화활동 이해하기

1. 심화 활동에서 제시하는 독서 방법은?

이제까지의 소설 읽기는 기존의 해설 · 비평서에 의존하거나 독자 중심의 감상 위주에 기대어 내용을 파악하게 하는 경우가 많았습니다. 이런 방식을 부정하는 것은 아니지만, 여기에 길들여지면 작품을 읽는 주체의 능동성, 비판적 의식, 창조적 상상력이 제한될 수 있고, 작품이 함의하고 있는 메시지를 놓친 채 표면적인 독서에 그칠 수 있습니다.

여기에서 제시하는 심화된 독서 방법은 이런 부분을 보완하고자 합니다. 학생이 주체가 되어 스스로 작품을 분석하고, 의미를 찾아내어 해석해 보도록 독서 과정을 바꾸는 것입니다. 그러면 무엇을 찾아내어 분석해야 할까요? 분석할 것은 소설을 구성하고 있는 요소들입니다. 즉 플롯(사건, 갈등), 인물, 배경, 사상을 찾아내어 각각에 담긴 의미를 파악하는 것입니다. 그리고 이렇게 찾은 것을 토대로 작품의 콘셉트(메시지)를 추출하는 것입니다. 문학이 작가가 작품을 매개로 독자와 대화하는 것이라고 본다면, 작품의 콘셉트는 작가가 독자에게 전하고자 하는 가장 핵심적인 메시지라고 볼 수 있습니다. 작품의 콘셉트를 찾는다는 것은 소설을 쓴 이유에 근접하는 행위이기도 합니다. 작품을 분석하는 동안 학생들은 소설의 이면에 담긴 함축적 의미를 찾을 수 있을 것이고, 나름대로의 비판 의식도 갖게 될 것입니다.

콘셉트까지 다 찾은 후 이어지는 활동은 이야기 재창작하기입니다. 이 활동은 '소설 구성 요소 분석하기'의 결과를 토대로 평화적인 관점에서 소설 텍스트를 바꾸어 써보는 것입니다. 다양한 상상력과 창조력을 토대로 평화로운 이야기를 만들어가는 동안 학생들은 수동적 객체에서 벗어나 능동적인 주체로 거듭나게 될 것입니다.

2. 소설 요소 분석하기 : 평화와 폭력의 관점에 따라 소설의 구성 요소 분석하기

1) 플롯(이야기의 흐름) 분석하기

플롯은 작품 속에 있는 사건들의 배열을 말합니다. 사건들의 결합 속에서 원인과 결과를 생성해내고, 한 사건의 결과가 또 다른 사건을 발생시킬 수도 있도록 이야기를 연결하는 것, 이것이 플롯입니다. 보통의 플롯은 이야기의 시작, 사건의 전개, 클라이맥스를 거쳐 결말에 이르도록 짜여 있습니다.

플롯 안에서 각 사건들은 유의미하게 연결되어야 합니다. 유의미한 연결이란 무엇일까요? 바로 작가의 의도에 따라 사건들을 배치하는 것입니다. 작가는 자신의 의도(콘셉트 · 메시지)를 효과적으로 전달하기 위해 사건들을 배치하고 연결시킵니다. 마치 작곡가가 음악을 만들 때 최고의 감동과 음악적 효과를 위해 선율과 리듬, 강약 등을 배치하고 곡을 완성하듯이 말입니다. 우리는 소설의 5단계(발단-전개-위기-절정-결말) 플롯을 절대적인 형식처럼 배워왔습니다. 그러나 모든 소설이 5단계를 따르지 않습니다. 오히려 형식의 중요성보다는 작가의 의도를 드러내는 사건들의 관계와 그 의미에 주목해야 합니다.

플롯 분석은 어떻게 해야 할까요? 인물의 행위와 갈등, 그로 인해 발생한 사건은 플롯을 구성하는 주요 요소입니다. 그러므로 플롯을 분석할 때는 작가가 가장 핵심적으로 배치한 사건과 갈등은 무엇인지, 어떻게 시작하고 해결되는지를 찾아내야 합니다. 어떻게 클라이맥스에 오르고 결말에 도달하는지, 갈등의 상승과 하강 후 마무리는 어떻게 되는지 등을 생각하면서 그 과정에서 작가가 무엇을 말하고자 했는지를 파악해야 합니다.

플롯 분석은 이야기(서사)를 메타적으로 보는 시각을 길러줍니다. 이야기를 창작하는 입장에 서서 작품을 보기 때문에 작가의 의도(콘셉트)를 파악하는 눈이 생깁니다. 또, 이야기의 흐름을 분석하기 때문에 조금 더 넓은 시야를 가질 수 있어서, 이것이 소설 분석만이 아니라 실제 현실에서의 학교폭력 같은 사건을 해결할 때 전체를 통찰하는 안목을 길러줄 것입니다.

2) 인물의 성격과 역할 분석하기

가. 성격

소설에서 인물의 유형 즉 인물의 성격과 역할은 매우 중요한 자리를 차지합니다. 인물은 사건과 갈등의 핵심에 선 존재이며, 그의 내면 심리와 행위는 소설에서 그리고자 하는 세계를 가장 잘 구현하기 때문입니다.

인물의 성격은 됨됨이, 인격, 성품 등을 말합니다. 동서양을 막론하고 인간의 성격에 대한 범주화는 지속적으로 시도되었고, 사회학, 심리학, 경영학, 조직이론 등에서도 여러 가지 성격을 유형화하고자 했습니다. 그러나 이 모든 것을 고려하여 성격을 분석하기란 만만치 않은, 방대한 작업이 될 수 있습니다. 따라서 심화독서에서는 평화와 폭력의 관점에서 성격을 분석하는 것을 권합니다. 성격에 대한 이해는 대인 관계 및 삶을 영위하는 데에 도움을 주므로 평화로운 관계 형성에 꼭 필요한 자질입니다. 다만 성격을 고정적인 것이라고 판단하게 되면 변화 가능성을 가진 인간 존재를 외면할 수 있으므로 소설을 분석할 때도 이 점을 염두에 두어야 합니다.

나. 역할

인물의 역할이란 인물이 이야기에서 차지하는 비중을 말하는 것으로 사건이 전개될 때 인물이 수행하는 일과 임무 등을 말합니다. 예를 들어 주인공, 나쁜 사람, 도움을 주는 역할, 방해하는 역할처럼 플롯의 진행(이야기의 흐름)을 수행하는 담당자들을 가리킵니다. 등장인물은 그의 역할을 수행함으로써 각 인물의 행동에 직접적인 영향을 미치고 그들을 연결시키며 갈등을 유발합니다. 하나하나의 행동들이 플롯에 영향을 미치므로 인물의 역할과 플롯은 매우 긴밀한 관계를 맺고 있다 하겠습니다. 역할은 관계 속에서 형성되며 집단에서 차지하는 위치를 보여주므로 폭력과 평화의 관점에서 인물을 분석할 때 꼭 필요합니다.

인물의 역할을 범주화한 것 중 프로프가 제시한 7가지 인물 유형이 있습니다.** 이것은 민담에 등장하는 인물들을 분석하여 분류한 것으로 이야기에서 인물의 유형을 따져볼 때 실마리를 제공합니다. 이 외에 비극적/희극적 인물, 입체적/평면적 인물, 전형적/개성적 인물 같은 기존의 인물 유형은 폭력과 평화의 관점에서 작품을 재해석하기에 부족함이 있습니다. 그러므로 기존의 유형에 얽매이지 말고 다양한 방식으로 인물의 역할을 분석해 보시길 바랍니다.

앞에서 말한 인물의 성격과 역할이 언제나 뚜렷하게 설명되는 것은 아닙니다. 두 가지가 섞여 설명될 수도 있고, 두 가지 중 하나만 드러날 수도 있습니다. 그럴 때는 다음과 같은 질문을 해보며 인물의 특성을 생각해 보시기 바랍니다. 폭력적 서사 안에서 그(그녀)가 차지하는 비중은? 인물 간 갈등에서 그(그녀)는 어떤 역할을 하는가? 사건이 진행되거나 절정에 치달을 때 그(그녀)는 어떤 행동

** 프로프의 7가지 인물 유형은 이야기의 구조와 인물의 기능을 설명하는 데 여러 가지 단서를 제공한다. 그러나 근대 소설로 올수록 소설의 인물들이 더 복잡하고 다양해지면서 7가지 유형만으로는 역할을 다 설명하지 못하는 경우가 많아졌다.

■ 등장인물의 행동영역과 구성 요소

① 적대자 : 가해행위, 주인공과 격투 혹은 그 외의 어떤 방식에 의한 싸움, 추적
② 증여자 : 주구(마법의 도구, 부적, 주문 등)를 증여하기 위한 예비 접촉, 주인공에게 주구를 줌
③ 조력자 : 주인공의 공간 이동, 불행이나 결여의 해소, 추적으로부터의 구조, 난제 해결, 주인공의 변신
④ 공주(찾아지는 사람)와 그 부친 : 난제의 부여, 낙인을 찍음. 가짜주인공의 정체를 폭로함, 주인공을 인지함, 두 번째 가해자에 대한 보복, 결혼, 여기서 공주와 그녀의 부친을 기능에 따라 엄밀하게 구별할 수는 없다. 딸과의 결혼을 요구하는 자에 대한 적대감으로 하여 난제를 부여하는 사람은 거의가 부친이며, 가짜주인공을 마음대로 처벌하는(혹은 처벌을 명령하는) 사람도 부친이다.
⑤ 파견자 : 중개, 어떠한 요청이나 명령을 통해 주인공의 출발을 허락하거나 주인공을 파견시킨다.
⑥ 주인공 : 탐색을 떠남, 증여자의 요청에 응함, 결혼, 최초의 기능은 탐색자형 주인공 특유의 것이며, 피해자형 주인공에게는 그것이 없고 단지 그밖의 기능을 수행할 뿐이다.
⑦ 가짜주인공 : 탐색에의 출발, 증여자의 요청에 응함(늘 부정적인 태도로만 응함), 가짜주인공 특유의 기능으로서 부당한 요구를 포함한다.
(오시룡, 석혜정, 「3D 애니메이션의 캐릭터 유형 및 성격 분석 : 픽사의 애니메이션을 중심으로」(만화애니메이션 연구 통권 제9호, 한국애니메이션학회, 2005.), 블라디미르 프로프, 『민담형태론』, 지만지, 2013. 참고.)

을 하는가? 그(그녀)의 드러나지 않은 행동과 심리는 무엇일까? 등의 질문을 해보면 인물이 드러내는 의미를 찾게 될 것입니다.

3) 인물의 욕망 분석하기

갈등하고 선택하며 치열하게 살아가는 삶의 이면에는 모두 어떤 욕망이 존재합니다. 이야기가 인간의 삶을 반영한 것이라면 이야기 분석에서 욕망에 대한 분석은 빠져서는 안 됩니다. 욕망은 인간의 관계 속에서 발생합니다. 어떤 욕망을 품고 사느냐에 따라 삶의 질이 달라지고, 어떤 선택을 하느냐에 따라 누구는 평화롭게, 누구는 폭력적으로 살아가게 되는 것입니다. 삶에는 여러 가지 다층적이고 다양한 욕망이 존재합니다. 그래서 소설에서 이런 욕망들을 하나하나 분석하기란 어려운 일입니다. 대신 표면적으로 드러난 욕망의 저변에 어떤 근본적인 욕망이 자리잡고 있는지 찾아보는 것이 좋을 것입니다.

욕망을 범주화한 것 중 많이 알려진 것이 매슬로우의 욕구 위계 이론입니다. 매슬로우(A. H. Maslow)는 인간의 내부에 잠재하고 있는 욕구는 상대적 중요성에 따라 가장 기본적인 차원인 생리적 욕구에서부터 최고 차원인 자기실현의 욕구까지 5단계의 계층을 이루고 있다고 주장했습니다. 그 단계는 1단계 생리적 욕구, 2단계 안전·안정의 욕구(신체적, 감정적 안전), 3단계 사회적 욕구(관계, 애정, 소속감), 4단계 존경의 욕구(존재, 역할에 대한 인정과 관심), 5단계 자기실현의 욕구(재능, 기술의 표현, 개발, 삶의 보람과 의미) 등으로 구분합니다. 이 범주는 인간의 욕구를 잘 설명하고 있지만, 사회적 존재로서 인간이 관계 속에서 갖게 되는 욕망을 설명하기에는 다소 부족합니다.

사회적 관계를 맺고 사는 인간으로서의 욕망, 폭력과 평화의 관점에서 본 욕망을 분류하면, 인정욕망, 평화욕망, 의미욕망 이 세 가지로 구분할 수 있습니다.***

*** 인정욕망, 평화욕망, 의미욕망을 매슬로우의 욕구 위계 이론과 연관해 설명하면, 인정욕망, 평화욕망은 결핍욕구인 생리적 욕구, 안전의 욕구, 애정 및 소속의 욕구, 자존의 욕구들이 나란히 있는 것이고, 의미욕망은 성장욕구인 인지적 욕구, 심미적 욕구, 자아실현의 욕구들이 나란히 있는 개념이다. 이 세 욕망은 인간의 관계에 의해서 발생하는 것이므로 위계적이라고 볼 수는 없다.

① **인정욕망** : 인정욕망은 사회적 존재인 인간에게 있어서 필수적인 욕망입니다. 인간은 자기 정체성을 형성하는 과정에서 필연적으로 타인의 인정을 받으려고 합니다. 스스로 원하는 것과 타인의 기대·평가의 긴장 관계 속에서 자기 정체성을 형성해가는 것입니다. 삶에서 가장 기본적인 관계인 사랑과 우정조차도 타인의 인정(상호 인정) 속에서 이루어집니다. 인정을 얻기 위해 하는 모든 행위와 삶의 방식 등 인정을 얻기 위한 과정을 인정 투쟁이라고 합니다.

인정욕망은 선도 악도 아니지만, 어떻게 표출되느냐에 따라 선이 될 수도, 악이 될 수도 있습니다. 상호 인정받는 분위기 속에서 서로의 욕망이 충족되고, 나아가 집단의 평화와 화목까지 이루어진다면 이것은 긍정적인 인정욕망이라고 할 수 있습니다. 그러나 지배와 피지배, 억압과 복종, 허위와 위선 속에서 충족되는 욕망은 폭력적인 관계를 발생시키며 누군가의 삶을 파괴하기 때문에 부정적인 인정욕망이라고 볼 수 있습니다. 욕망의 주체인 인간이 인정욕망을 충족하기 위해 어떤 방법을 선택하느냐에 따라 평화가 올 수도 폭력이 올 수도 있는 것입니다.

② **평화욕망** : 평화욕망은 평화롭고 화목한 세상, 선한 가치를 추구하는 욕망입니다. 폭력적인 삶속에서 평화의 가치를 선택하고 고난을 극복하는 모습에서도 평화욕망이 드러납니다. 평화욕망을 추구하는 개인이 많아질수록 집단은 평화롭고 화목해질 것이며, 평화로운 사회 속에서 추구하는 인정욕망은 공동체의 조화를 해치지 않는 선에서 표출될 것입니다.

③ **의미욕망** : 의미욕망은 의미 있고 가치 있게 살고자 하는 욕망입니다. 의미있는 삶이란 부정적인 인정욕망을 추구해서는 얻을 수 없는 것입니다. 따라서 의미욕망은 바람직하고 선하며 평화로운 삶을 지향하면서 충족되어지는 것이고, 이 욕망이 그 사람의 인정욕망과 함께 표출되는 것이라고 설명할 수 있습니다.

사람마다 이 세 가지 욕망이 실현되는 모습은 다 다릅니다. 각각 욕망의 수준이 다르고, 욕망들이 차지하는 비중도 다릅니다. 예를 들어 어떤 사람의 의미욕망은 상대적으로 보통 사람들의 의미욕망보다 강할 수 있고, 인정욕망이 더 강한 사람이 있는가 하면 평화욕망이 더 강한 사람도 있을 것입니다. 또한 실제로 사람들은 이 세 욕망을 의식할 수도 있고 의식하지 못할 수도 있습니다. 그러나 평화욕망과 의미욕망이 상실된(부재한) 것처럼 보이는 사람들마저도 마음의 밑바닥에서 평화와 의미를 부정하기 위해 노력한다고 보는 것이 옳을 것입니다. 즉 평화욕망과 의미욕망을 거부한다는 것은 평화욕망, 의미욕망이 존재하기 때문이라고 볼 수 있는 것입니다.

같은 맥락에서 소설의 작가는 등장인물들의 인정욕망, 평화욕망, 의미욕망을 보여주기도 하지만 그러지 못하기도 합니다. 작가가 의식적으로 그려 넣었든 그렇지 않았든 이야기 속에는 인물의 욕망이 함축되어 있다고 볼 수 있습니다. 따라서 독자는 이것을 감안하여 인물의 욕망을 찾아봐야 합니다. 인물의 욕망을 분석함으로써 폭력에 관계된 인정욕망의 양상을 파악하고, 평화욕망과 의미욕망을 실현하기 위한 방법은 무엇인지 생각해 보아야 할 것입니다.

4) 배경과 사상 분석하기

배경은 작품에 영향을 준 시대적 배경을 말합니다. 이 단계는 작품 창작에 영향을 준 시대적 특성, 작품 속에 반영된 사회적, 문화적, 역사적 배경이 작품의 콘셉트에 어떤 영향을 주었는지 분석하는 활동입니다.

사상(思想)이란 보통은 인간들이 생활하면서 지니게 되는 세계관, 사회, 정치, 인생 등에 대한 일정한 견해나 생각 등을 총칭해서 부르는 말입니다. 여기에는 이데올로기****도 포함됩니다. 그래서 넓은 의미에서 사상이란 사람들의 사고방식, 행동, 신념에 영향을 주는 사상, 세계관, 종교관, 가치관, 체제, 이념 등 다양한 사고 체계 혹은 인식 체계라고 설명할 수 있습니다. 일반적으로 동양 사상, 노장 사상 등 '~사상'이라고 하거나 '자유주의', '공화주의'와 같은 '~주의', '파시즘', '페미니즘' 같은 '~(이)즘'으로 일컬어집니다. 또 사상적, 이념적 체계가 없더라도 삶에 큰 영향을 주는 '보수주의', '급진주의', '이기주의', '물질 만능' 등의 사고방식과 태도를 그대로 용어로 사용하기도 합니다.

이데올로기, 곧 사상은 사람들이 사물을 지각하는 방식에 영향을 미치고, 사람들에게 문화적인 동질감을 느끼게 하며, 사람들의 정체성을 형성하는 원천이 됩니다. 예를 들어, 현재 우리는 자유주의와 민주주의적 이념이 기본 요건인 사회에서 살고 있습니다. 개인이든 집단이든 사고방식과 행동에서 두 이데올로기는 매우 중요한 가치이자 규범이 되었고, 그것 없이는 삶을 논할 수 없습니다.

**** 이데올로기(Ideologie, 理念)란 개인이나 사회 집단의 사상, 행동 따위를 이끄는 관념이나 신념의 체계를 말한다.

이와 마찬가지로 소설 속의 삶을 논할 때에도 사상을 빼놓을 수는 없습니다. 작가는 시대와 사상에서 벗어나서 살 수 없으며 그가 쓴 소설에도 반드시 그 시대적 배경과 사상이 반영되어 있기 마련입니다. 작가가 의도했든 그렇지 않았든 간에 소설에는 작가의 사상과 신념, 정치 성향, 이념 등이 내포되어 있습니다. 우리가 작가가 살았던 시대나 작가의 인생, 사상에 대해서 모르고 소설을 이해하는 것은 그 소설을 반밖에는 이해하지 못한 것이라고 할 수 있습니다. 조금 더 깊이 알기 위해서는 시대적 배경과 사상을 알지 않으면 안 되는 것입니다. 독자 입장에서 다양한 시대적 배경(역사)이나 사상을 다 안다는 것도, 작가의 삶에 대해서 잘 안다는 것도 쉽지만은 않습니다. 그러나 어렵다고 전혀 시도를 하지 않는 것보다는 조금이라도 시도해 보는 것이 좋을 것입니다. 왜냐하면 독자들은 소설을 쓰는 이유(즉 왜 이런 소설을 썼는가?)에 대한 답을 찾아야 하기 때문입니다. 그래야 겉보기에 놓치기 쉬운, 소설 속에 숨어 있는 콘셉트를 알아낼 수 있을 뿐만 아니라 비판적 관점을 키울 수 있기 때문입니다.

5) 콘셉트(메시지) 찾기

콘셉트란 소설의 주제를 '구체적으로 어떤 방향으로 풀어나갈 것인가'에 해당하는 개념입니다. 즉 작가가 전달하려는 바를 구체적으로 형상화한 것이라고 이해하면 좋을 것입니다. 작가는 주제를 구현할 플롯이나 인물, 사건, 배경 등 모든 소설적 요소를 동원해 콘셉트를 만듭니다. 그러므로 앞의 소설 구성 요소 분석 활동이 선행되면 비교적 정확한 콘셉트를 찾을 수 있을 것입니다. 그것을 찾는 과정은 서사적, 비판적, 종합적 사고력을 키우는 과정이므로 매우 중요합니다. 콘셉트는 되도록 구체적 의미가 담긴 한두 문장으로 표현하는 것이 좋습니다. 그래야만 작가가 말하고자 하는 바가 명확히 다가오기 때문입니다.

3. 소설 재창작하기 : 평화와 폭력의 관점에 따라 소설의 내용 재구성, 재창작하기

가장 마지막 단계로서 소설의 내용을 다시 써보는 활동입니다. 소설을 고정된 불변의 텍스트로 보는 것이 아니라 독자의 능동적 해석이 가능한, 열린 장으로 보고 독자가 작가가 되어 새로운 이야기로 바꾸어 보는 것입니다. 인물의 유형, 욕망, 플롯, 배경과 사상을 분석하여 도출한 콘셉트를 숙지하고, 이를 바탕으로 소설 속에 그려진 폭력적인 세계를 평화적인 이야기로 재구성하고 재창작합니다.

소설 텍스트에서 작가가 놓치고 미처 그리지 못했다고 생각되는 부분, 숨겨져서 드러나지 못한 부분, 잘못 그려졌다고 판단되는 부분, 왜곡된 부분 등을 찾아서 바르게 고쳐 봅니다. 그럼으로써 평화적인 이야기를 만들 수 있는 상상력과 창조력을 키우고, 소설 이면에 담긴 삶의 진실을 깨달을 수 있습니다.

1) 재창작의 구체적인 방법 예시

① 등장인물의 유형, 역할 바꾸기, 새로운 인물 등장시키기

② 인물의 욕망 변화시키기, 인물이 자신의 욕망에 대해 성찰하게 하기(자신과의 내적 대화)

③ 플롯 바꾸기(결말 바꾸기, 갈등의 전개 과정 바꾸어 보기 등)

④ 배경이나 사상 바꾸기

⑤ 콘셉트 바꾸기

⑥ 서술자 바꾸기(시점 바꾸기)

1. **가부장주의(가부장제)**   가부장이 가족에 대해 지배권을 가지는 가족 형태, 또는 그런 지배 형태. 가부장제의 가족형태에서는 가족성원이 세습적 규칙에 따라 지명된 개인의 지배를 받는데, 대개는 장남이 세습적으로 가장의 지위와 재산을 계승하여 안으로는 가족을 통솔하고 밖으로는 가족을 대표한다. 보통 가부장의 역할은 남성이 맡는 것이 사회적 관습이었지만, 현대 사회에는 남성뿐 아니라 여성도 그 역할을 담당하는 경우가 많아졌다.

2. **전체주의**   개인의 모든 활동은 전체, 즉 민족·국가의 존립·발전을 위해 바쳐져야 한다는 이념 아래 국민의 자유를 억압하는 사상. 개인의 자유와 존립이 어떤 집단, 사회 등의 지향과 맞지 않으면 배제, 소외시키고 억압하는 행위를 하는 사람을 파시스트라 칭하기도 한다. 나치즘, 파시즘도 여기에 속한다.

3. **군국주의**   군대의 힘으로 나라의 권력을 유지하며 군사적으로 다른 나라들을 위협하고 침략하는 정치 행태. 군사력에 의한 대외적 발전을 중시하여, 전쟁과 그 준비를 위한 정책이나 제도를 국민생활에서 최상위에 두고 정치·문화·교육 등 모든 생활 영역을 이에 전면적으로 종속시키려는 사상과 행동양식이다.

4. **민족주의**   민족에 기반을 둔 국가의 형성을 지상 목표로 하고, 이것을 창건, 유지, 확대하려고 하는 민족의 정신 상태나 정책 원리이자 이데올로기, 혹은 그런 운동을 말한다.

5. **민주주의**   국가의 주권이 국민에게 있고 국민을 위하여 정치를 행하는 제도, 또는 그러한 정치를 지향하는 사상. 귀족제나 군주제 또는 독재체제에 대응하는 뜻이다.

***** 여기에서 제시한 것은 극히 일부분이다. 현대 사회는 더 다양하고 복잡해졌기 때문에 이 외에 더 많은 사상과 이데올로기가 있다.

6. 사회주의   인간 개개인의 의사와 자유를 최대한 보장하기보다는 사회 전체의 이익을 중시여기는 사상과 태도. 인간은 사회 속에서 생활하며 공동체를 구성하고 살아가므로 사회 공동체의 이익을 우선시하고 개인의 자유는 제한될 수 있다고 본다.

7. 식민주의   어떤 민족이나 국가가 다른 민족이나 국가를 지배하는 정책이나 방식. 근대적 식민주의는 15세기 후반의 정치적 · 경제적 지배 현상을 말하고, 오늘날의 식민주의는 민족적 지배와 피지배, 그리고 정치 · 경제적 관계의 종속성 여부에 중점이 놓여 있다. 따라서 식민주의는 지배와 피지배의 관계를 뜻하는 폭넓은 의미로 사용되고 있다.

8. 공산주의   사유재산제도의 부정과 공유재산제도의 실현으로 빈부의 차를 없애려는 사상. 오늘날 공산주의라고 할 때는 하나의 정치세력으로서 활동하고 있는 현대 공산주의, 즉 마르크스-레닌주의를 가리킨다.

9. 공화주의   개인의 사적 권리보다는 시민으로서 갖춰야 할 덕을 강조하는 정치적 이데올로기. 시민들이 덕을 가지고 정치활동에 적극적으로 참여하고, 이 과정에서 공공선에 대한 헌신 속에서 개인의 자유가 실현되는 것을 중시한다.

10. 좌익   정치사상의 경향을 나타내는 개념. '좌파'라고도 하며 '우익(우파)'와 대립되는 말로 쓰인다. 일반적으로 안정보다는 변화, 성장보다는 분배와 복지를 강조하는 경향을 지닌 정치사상이나 정치세력을 가리킨다. 급진적이거나 사회주의적 · 공산주의적인 경향, 또는 그런 단체를 말하는 것에서부터 시작된 용어이다.

11. 우익   일반적으로 정치 및 사회 문제에 대해 변화보다는 안정, 분배와 복지보다는 성장과 경쟁, 평등보다는 자유를 강조하는 경향을 지닌 정치사상이나 정치세력을 가리킨다. 보수파 · 국수주의 · 파시즘 등의 입장과 맥을 같이 하기도 한다.

12. 보수주의　　　급격한 변화를 피하고 현체제를 유지하려는 사상이나 태도. 진보주의에 대응하는 개념이다.

13. 진보주의　　　사회의 모순을 변화와 개혁을 통하여 점진적으로 해결해 나가려는 사고방식. 또는 그런 경향이나 태도를 말한다 .

14. 신자유주의　　　국가권력의 시장개입을 비판하고 시장의 기능과 민간의 자유로운 활동을 중시하는 이론. 케인스 이론을 도입한 수정자본주의가 쇠퇴하고 경제적 자유방임주의를 주장하는 흐름 속에서 1970년대 후반부터 본격적으로 대두되었다. 신자유주의는 고전적인 경제적 자유주의보다 자유의 방임원리를 문화적 · 사회적 차원에까지 확장해야 한다고 주장하는 점에서 자유지상주의(libertarianism)로 불리기도 한다.

15. 페미니즘　　　여성과 남성의 관계를 살펴보고, 여성이 사회 제도 및 관념에 의해 억압되고 있다는 것을 밝혀내는 여러가지 사회적 · 정치적 운동과 이론들을 포괄하는 용어이다. 역사적으로 남성이 사회활동과 정치참여를 주도해왔기 때문에 페미니즘은 여성의 권리를 주장하고 실현하는 것을 목표로 한다.

16. 남성중심주의　　　남성과 남성의 관점이 인간 행동과 사고의 규범으로 작용하는 행태를 의미한다. 이러한 작용 하에서는 남성의 경험이 인류의 보편적 경험이자 역사로 인식되고, 여성과 여성의 경험은 규범으로부터 일탈한 것 혹은 예외적인 것으로 여겨진다. 남성중심주의는 남성이 무조건적인 특권을 갖는 가부장주의의 권력 구조와 들어맞는다.

17. 권위주의　　　어떤 일에 대하여 권위를 내세우거나 권위에 순종하는 사고방식 또는 행동양식. 지배와 복종관계에서 지배자의 독단적 지배력이나 권위에 의해서 질서를 유지하려는 것으로 독재주의와 비슷한 개념으로 이해된다. 권위에 의해서 일방적이고 강제적으로 종적 지배관계를 형성하려는 질서원리로서 전근대사회에서의 가부장제(家父長制) · 신정정치(神政政治) 등은 권위주

의의 전형이다.

18. 가족주의　　　집단으로서의 가족을 개개의 가족성원보다 중시하고, 가족적 인간관계를 가족 이외의 사회관계에까지 확대 적용하려는 주의. 가족주의 위주의 가족은 여성이 남성에 예속되고, 부부관계보다 부모와 자식의 관계가 중요시되며, 개인보다 집안을 우선하는 가부장적(家父長的) 가족으로 인식된다.

19. 국가주의　　　국가의 이익을 개인의 이익보다 절대적으로 우선시키는 사상원리나 정책.

20. 자유주의　　　개인의 자유와 자유로운 인격 표현을 중시하는 사상 및 운동. 사회와 집단은 개인의 자유를 보장하기 위해 존재한다고 본다.

21. 자본주의　　　이윤 추구를 목적으로 하는 자본이 지배하는 경제체제. 사유재산제에 바탕을 두고 있다는 면에서 사회주의와 대립된다.

22. 실존주의　　　19세기의 합리주의적 관념론이나 실증주의에 반대하고, 개인으로서의 인간의 주체적 존재성을 강조하는 철학사상이다.

23. 허무주의　　　세상의 모든 진리나 가치, 제도 등이 아무런 의미나 가치가 없다는 주장이나 생각. 니힐리즘.

24. 쾌락주의　　　쾌락을 가장 가치 있는 인생의 목적이라 생각하고 모든 행동과 의무의 기준으로 보는 윤리학의 입장. 근대에 와서 벤담은 여기에 사회적 관점을 도입하여, 공리주의의 입장에서 쾌락의 양적 차이에 바탕을 둔 최대 다수의 최대 행복을 주장하였다. 학생들 사이에서의 장난으로 인해 발생하는 갑을 구조, 약자에 대한 소외, 학교폭력 유발 등도 이런 쾌락주의적 사고방식과 통한다고 볼 수 있다.

25. 이상주의   인생의 의의를 오로지 이상, 특히 도덕적 · 사회적 이상을 실현에 두는 입장. 관념론, 현실주의와 대립되는 개념이다.

26. 상대주의   모든 가치의 절대적 타당성을 부인하고 모든 것이 상대적이라는 입장. 상대설, 절대주의와 대립되는 개념이다.

27. 생태주의   산업 자본주의의 진전으로 인해 지구의 자연이 급속도로 오염되고 파괴되는 상황 속에서 인류가 범해 온 잘못과 미래의 대안을 제시하고자 일어난 생태 중심적 흐름을 의미한다.

28. 계몽주의   이성의 힘과 인류의 무한한 진보를 믿으며 현존 질서를 타파하고 사회를 개혁하려는 데 목적을 두었던 시대적인 사상이다.

29. 봉건주의   지배계급 내의 주종관계, 또는 씨족적 · 혈연적 관계를 기반으로 했던 통치조직인 봉건제도. 그 제도와 흐름을 같이 하는 사상이나 생각을 말한다.

30. 인종주의   인종차별주의라는 말과 통하는 용어로, 개개 인종의 생물학적 · 생리학적 특징에 따라 계급이나 민족 사이의 불평등한 억압을 합리화하는 비과학적인 사고방식을 가리킨다. 인종주의는 흔히 민족적인 지배나 정복을 정당화하고, 개인의 헤게모니를 확보하기 위한 수단으로써 이용되기도 하였다.(관련 : 나치즘)

31. 합리주의   비합리와 우연적인 것을 배척하고, 도리 · 이성 · 논리가 일체를 지배한다고 보는 주의. 이성(理性)주의. 비합리주의와 대립된 개념이다.

32. 낭만주의(로맨티시즘)   19세기 초에 유럽을 휩쓴 예술상의 사조 및 그 운동. 고전주의와 합리주의에 반대하고 개성과 감정을 중시한다.

33. 계급주의   역사 발전의 원동력은 계급 간의 투쟁에 있다고 보는 입장으로 상층과 하층, 부자와 가난한 자 등의 투쟁을 말한다. 현대 민주주의 사회에서는 표면상 계급은 없지만, 갑질과 같은 폭력적이고 불평등한 관계가 발생하고 있다.